Arthur Conan Doyle

Les Trois pignons

Texte et illustration de couverture : © domaine public
Edition : Culturea (Hérault, 34)
Contact : infos@culturea.fr
Retrouvez notre catalogue sur http://culturea.fr
Imprimé en Allemagne par Books on Demand
Design typographique : Derek Murphy
Layout : Reedsy (https://reedsy.com/)

Dépôt légal : janvier 2023

ISBN : 9791041928323

Table des matières

Les Trois Pignons

Je crois qu'aucune de mes aventures avec M. Sherlock Holmes n'a débuté d'une manière aussi brusque ou aussi dramatique que celle des Trois-Pignons. Je n'avais pas vu Holmes depuis plusieurs jours, et je n'avais aucune idée de la direction où se déployaient ses activités. Mais ce matin-là, il était d'humeur bavarde ; il venait de m'installer sur le fauteuil bas dans un angle de la cheminée et, pipe au bec, il s'était recroquevillé sur le siège en vis-à-vis, quand notre visiteur survint. Si j'avais dit : « un taureau enragé survint », j'aurais traduit plus exactement l'impression provoquée par son entrée.

La porte s'ouvrit tout à coup et un nègre colossal fit irruption dans le salon. Cette apparition aurait peut-être été comique, si elle n'avait été terrifiante. Le nègre était en effet habillé d'un costume voyant gris à carreaux ; une cravate couleur saumon flottait autour de son cou. Il projeta en avant sa grosse figure et son nez aplati ; ses yeux sombres dans lesquels couvait une méchanceté certaine se posèrent alternativement sur Holmes et sur moi.

– Lequel, messieurs, est M. Holmes ?

Holmes leva sa pipe avec un sourire languissant.

– Oh ! C'est vous ?...

Notre visiteur avança d'un pas furtif pour faire le tour de la table.

– ... Dites, monsieur Holmes, mettez vos pieds ailleurs que dans les affaires des autres. Laissez les gens régler leurs petits problèmes comme ça leur plaît. Compris, monsieur Holmes ?

– Continuez, répondit Holmes. J'ai plaisir à vous entendre.

– Oh ! du plaisir, hé ? grommela le sauvage. Ça ne vous ferait peut-être pas autant de plaisir si je vous dressais le poil. J'en ai maté quelques-uns de votre espèce avant vous, et ça n'avait pas l'air de leur faire plaisir quand je m'occupais d'eux. Regardez cela, monsieur Holmes !

Il balança un poing énorme sous le nez de mon ami. Holmes l'examina de près avec une physionomie très intéressée.

– Êtes-vous né avec ça ? lui demanda-t-il. Ou bien l'avez-vous fait pousser progressivement ?

Peut-être fut-ce la froideur glacée de mon ami ou le léger bruit que je fis en m'emparant du tisonnier. En tout cas notre visiteur baissa le ton.

– Voilà ! Je vous ai averti loyalement, dit-il. J'ai un ami qui est intéressé du côté de Harrow... Vous voyez ce que je veux dire ?...Et il ne veut pas que vous vous mettiez en travers de son chemin. Compris ? Vous n'êtes pas la loi. Je ne suis pas la loi non plus. Si vous vous en mêlez, je m'en mêlerai aussi. Ne l'oubliez pas !

– Je désirais justement vous rencontrer depuis quelque temps, fit Holmes. Je ne vous invite pas à vous asseoir, car je n'aime pas votre odeur ; mais vous êtes bien Steve Dixie le cogneur ?

– C'est mon nom, monsieur Holmes. Et je vous l'enfoncerai dans la gorge si vous me cassez les pieds !

– Il serait dommage que vous perdiez l'un de vos attraits les plus considérables ! répondit Holmes en regardant les énormes extrémités inférieures de notre visiteur. Mais je pensais au meurtre du jeune Perkins devant la porte du Holborn Bar... Comment ! Vous partez ?

Le nègre avait bondi et reculé ; son visage était devenu gris.

— Je n'ai pas à écouter vos boniments ! dit-il. Qu'ai-je à voir avec ce Perkins, monsieur Holmes ? J'étais à l'entraînement au Bull Ring à Birmingham quand ce gosse a eu des ennuis.

— Vous raconterez cela au juge, Steve ! dit Holmes. Moi, je vous ai surveillé, vous et Barney Stockdale...

— Oh ! monsieur Holmes !...

— Ça suffit ! Filez d'ici. Quand j'aurai besoin de vous, je vous ferai signe.

— Au revoir, monsieur Holmes. J'espère que vous ne m'en voulez pas trop de ma visite ?

— Ça dépend. Dites-moi qui vous a envoyé.

— Oh ! ça n'est pas un secret, monsieur Holmes : le même gentleman dont vous venez de citer le nom.

— Et qui lui a commandé de vous envoyer à moi ?

— Je vous le jure, monsieur Holmes, je n'en sais rien ! Il m'a juste dit : « Steve, va voir M. Holmes, et dis-lui que sa vie sera en danger s'il se promène du côté de Harrow. » C'est la vérité vraie !

Sans attendre d'autres questions, notre visiteur se précipita hors de la pièce aussi brusquement qu'il était entré. Holmes, riant sous cape, secoua les cendres de sa pipe.

— Je suis heureux que vous n'ayez pas été obligé de fendre cette tête cotonneuse, Watson. J'avais suivi vos manœuvres avec le tisonnier. Mais c'est réellement un type inoffensif, un grand bébé musclé, idiot, balbutiant, et facilement maîtrisable comme vous vous en êtes aperçu. Il fait partie du gang de Spencer John et il a joué son rôle dans quelques sales affaires dont je m'occuperai quand j'aurai le temps ; son chef immédiat, Barney, est plus malin. C'est une bande spécialisée dans des agressions, des coups d'intimidation, et le reste. Ce que je voudrais savoir, c'est qui tire les ficelles en cette occasion précise.

– Mais pourquoi chercher à vous intimider ?

– Pour l'affaire de Harrow Weald. Du coup, je vais m'en occuper ; puisque quelqu'un s'y intéresse tellement, elle ne doit pas être banale.

– Je ne connais rien de cette affaire, Holmes.

– J'allais justement vous en parler quand nous avons eu cet intermède comique. Voici la lettre de Mme Maberley. Si vous aviez envie de m'accompagner, nous lui télégraphierions et partirions tout de suite.

Je lus la lettre suivante :

Cher Monsieur Holmes,

J'ai eu toute une série d'incidents bizarres à propos de cette maison, et j'aimerais beaucoup avoir votre avis. Vous me trouverez chez moi demain à n'importe quelle heure. La maison est à une courte marche de la gare de Weald. Je crois que mon regretté mari, Mortimer Maberley, a été l'un de vos premiers clients.

Votre dévouée, Mary Maberley.

L'adresse était : « Les Trois-Pignons, Harrow Weald. »

– C'est tout ! dit Holmes. Et maintenant, si vous avez un peu de temps, Watson, nous irons faire un tour par là.

Un court voyage en chemin de fer, une plus courte promenade en voiture, et nous arrivâmes devant la maison. C'était une villa construite en bois et en brique, bâtie sur son propre terrain qui était une prairie encore jeune. Trois maigres saillies au-dessus des fenêtres du haut s'efforçaient de justifier le nom des Trois-Pignons. Derrière, un petit bois de pins mélancolique rassemblait quelques troncs rabougris. Le lieu respirait la pauvreté et la tristesse. Néanmoins la maison était bien meublée, et la dame qui nous reçut me parut une personne sympathique, d'un certain âge, visiblement cultivée et même raffinée.

– Je me rappelle fort bien votre mari, madame ! lui dit Holmes. Et pourtant voilà des années qu'il a requis mes services pour je ne sais plus quelle bagatelle.

– Peut-être le nom de mon fils Douglas vous sera-t-il plus familier ?

Holmes la considéra avec un vif intérêt.

– Mon Dieu ! Seriez-vous la mère de Douglas Maberley ? Je ne l'ai guère approché. Mais, bien entendu, tout Londres le connaissait. Quel être magnifique ! Où est-il maintenant ?

– Il est mort, monsieur Holmes. Mort ! Il avait été nommé attaché à Rome, et il est mort là-bas d'une pneumonie le mois dernier.

– Je suis désolé. Il m'était impossible d'associer la mort avec un homme pareil. Jamais je n'ai connu quelqu'un de plus amoureux de la vie. Il vivait intensément...par toutes ses fibres.

– Trop intensément, monsieur Holmes. Voilà ce qui l'a miné ;
vous vous rappelez comme il était : généreux, splendide ! Vous
n'avez pas vu l'être morose, maussade, cafardeux qu'il était
devenu. Il eut le cœur brisé. En l'espace d'un seul mois, il s'était
transformé en cynique.

– Une affaire d'amour ? Une femme ?

– Ou un démon ! Enfin, ce n'est pas pour vous parler de mon
pauvre fils que je vous ai demandé de venir, monsieur Holmes.

– Le docteur Watson et moi-même, nous sommes à votre
disposition.

– Divers incidents très étranges se sont produits. Voici plus
d'un an que j'habite cette maison ; comme je désirais mener une
existence retirée, je connais peu mes voisins. Il y a trois jours, j'ai
reçu la visite d'un agent immobilier. Il m'a dit que cette demeure
conviendrait parfaitement à l'un de ses clients et que si je voulais
m'entendre avec lui, les questions d'argent seraient vite résolues.
J'ai trouvé bizarre cette démarche, étant donné qu'il existe dans la
région bon nombre de maisons vides à vendre ou à louer, mais
tout de même sa proposition m'a intéressée. J'ai donc indiqué un
prix, supérieur de cinq cents livres à la somme que j'avais
déboursée. Il n'a pas discuté le chiffre, mais il a ajouté que son
client désirait acheter aussi l'ameublement, et il m'a priée de fixer
mon prix. Une partie de mon mobilier provient de ma famille ;
comme vous pouvez le voir, il est en bon état ; aussi ai-je arrondi
mon chiffre. Il a acquiescé aussitôt. J'ai toujours eu la passion des
voyages : j'avais fait une si bonne affaire qu'il me semblait que
j'aurais de quoi vivre confortablement jusqu'à la fin de mes jours.

» Hier, l'agent s'est présenté avec l'acte tout prêt. Je l'ai
montré à mon avocat, M. Sutro, qui dit :

» – C'est un papier très bizarre. Avez-vous compris que si vous le signez, vous ne pourrez légalement rien retirer de la maison, même pas vos objets personnels ?

» Quand l'agent est revenu le soir, je le lui ai fait remarquer, et je lui ai précisé que je n'entendais vendre que le mobilier.

» – Non, pas du tout ! m'a-t-il répondu. Le prix d'achat englobe tout.

» – Mais mes vêtements ? mes bijoux ?

» – Nous pourrons vous consentir une dérogation pour vos objets personnels. Mais rien ne devra être retiré de la maison sans avoir été préalablement vérifié. Mon client est très généreux, mais il a ses marottes et ses façons d'agir. Avec lui, c'est tout ou rien.

» – Alors, rien ! ai-je déclaré.

» Et l'affaire en est restée là ; toutefois elle m'a paru si extraordinaire que j'ai pensé...

Mais une interruption peu banale se produisit.

Holmes leva sa main pour obtenir le silence. Puis il traversa la pièce, ouvrit brusquement la porte et tira à l'intérieur une grande femme décharnée qu'il avait saisie par l'épaule. Elle entra en se débattant comme un grand poulet maladroit qu'on aurait arraché de sa cage.

– Laissez-moi ! Que faites-vous donc ? gémit-elle.

– Hé bien ! Susan, que veut dire cela ?

– Mais, madame, je venais demander si les visiteurs restaient ici pour le déjeuner, quand cet homme m'a sauté dessus.

– II y a plus de cinq minutes que je l'entends, mais je ne voulais pas interrompre un si intéressant récit. Un tout petit peu asthmatique, Susan, n'est-ce pas ? Vous avez la respiration trop forte pour ce genre de travail.

Susan tourna vers Holmes une tête maussade mais étonnée.

– Qui êtes-vous ? Et de quel droit me tourmentez-vous ainsi ?

– Uniquement parce que je désirais poser une question en votre présence. Avez-vous confié à quelqu'un, madame Maberley, votre intention de m'écrire et de me consulter ?

– Non, monsieur Holmes, à personne.

– Qui a posté votre lettre ?

– Susan.

– Bien sûr ! Maintenant, Susan, à qui avez-vous écrit ou qui avez-vous fait prévenir que votre maîtresse allait me demander conseil ?

– C'est un mensonge ! Je n'ai prévenu personne.

– Écoutez, Susan ! Les asthmatiques parfois ne vivent pas longtemps. C'est un gros péché de raconter des histoires. A qui avez-vous écrit ?

– Susan ! s'écria sa maîtresse. Vous êtes une mauvaise femme, vous m'avez trahie. Je me rappelle maintenant que vous avez parlé à quelqu'un par-dessus la haie.

– C'est mon affaire, répondit Susan.

– Et si je vous disais que c'était à Barney Stockdale que vous parliez ? demanda Holmes.

– Hé bien ! puisque vous le savez, pourquoi m'interrogez-vous ?

– Je n'en étais pas sûr ; mais à présent je sais. Écoutez-moi bien, Susan : cela vous rapportera dix livres si vous me dites qui se tient derrière Barney.

– Quelqu'un qui pourrait m'offrir mille livres chaque fois que vous m'en proposeriez dix.

– Un homme si riche ? Non ! Vous avez souri. Une femme riche, alors ? Maintenant que nous en sommes arrivés là, vous pouvez bien me donner son nom et gagner vos dix livres ?

– Je vous verrai en enfer d'abord !

– Oh ! Susan ! Quel langage !

– Je m'en vais. J'en ai assez de vous tous ! Je ferai prendre ma valise demain.

Elle se dirigea vers la porte.

– Bonsoir, Susan. L'élixir parégorique est un bon remède... Attention ! reprit-il en quittant son air enjoué dès que la femme furieuse eut refermé la porte, ce gang travaille vite. Voyez comme ils serrent le jeu : votre lettre porte le cachet de la poste de dix heures du soir. Susan passe le mot à Barney. Barney a le temps d'aller trouver son chef et de prendre ses instructions ; lui ou elle (je pense qu'il s'agit d'une femme quand je revois le petit sourire de Susan s'imaginant que je me trompais) dresse son plan. Black

Steve est convoqué, et le lendemain matin à onze heures je reçois l'avertissement. C'est de l'ouvrage vite fait, vous savez !

– Mais ouvrage qui rime à quoi ?

– Oui, voilà la question ! Qui était le propriétaire précédent ?

– Un officier de marine à la retraite, qui s'appelait Ferguson.

– Vous ne savez rien de spécial sur lui ?

– Je n'ai rien entendu dire.

– Je me demandais s'il n'avait pas enterré quelque chose ici. De nos jours certes, quand les gens enterrent un trésor, c'est dans un coffre en banque. Mais il y a toujours des fantaisistes de par le vaste monde. Sans eux nous nous ennuierions fort. D'abord j'ai pensé à un trésor enfoui quelque part. Mais pourquoi, dans ce cas, vouloir votre ameublement ? Vous ne possédez pas par hasard un Raphaël ou une édition originale de Shakespeare sans le savoir ?

– Non, je crois que je ne possède rien de plus précieux qu'un service à thé du derby de la couronne.

– Ce qui justifierait difficilement tout ce mystère. D'autre part, pourquoi ne précise-t-on pas ce qu'on veut ? Si l'on convoite votre service à thé, on n'a qu'à vous en offrir un prix sans vous empêcher de sortir autre chose. Non, plus j'y pense, et plus je suis sûr que vous possédez sans le savoir un objet que vous ne vendriez pas si l'on vous proposait de l'acheter.

– C'est aussi mon avis, dis-je.

– Voyez : le docteur Watson est de mon avis, ce qui règle tout.

– Mais, monsieur Holmes, quel peut être cet objet ?

– Voyons si, simplement par analyse mentale, nous ne pouvons pas aller plus loin. Il y a une année que vous habitez ici ?

– Presque deux ans.

– Tant mieux ! Pendant cette longue période, personne ne vous a rien demandé. Maintenant tout à coup, en trois ou quatre jours, on vous soumet des propositions pressantes. Qu'en pensez-vous ?

– Cela signifie seulement, répondis-je, que l'objet qui intéresse l'acquéreur vient d'arriver dans la maison.

– Voilà encore une fois qui règle tout ! fit Holmes. Madame Maberley, un nouvel objet vient-il d'arriver ici ?

– Non. Je n'ai rien acheté de neuf cette année.

– Vraiment ? Extraordinaire ! Hé bien ! je crois que nous ferions mieux de laisser les choses se développer un peu pour avoir une vue plus claire de l'affaire. Cet avocat que vous avez consulté est-il capable ?

– M. Sutro est très capable !

– Avez-vous une autre domestique ? Ou cette charmante Susan qui vient de claquer votre porte était-elle seule employée à votre service ?

– J'ai une jeune bonne.

– Essayez d'obtenir de Sutro qu'il passe une nuit ou deux dans votre maison. Vous aurez peut-être besoin d'être protégée.

– Contre qui ?

– Qui sait ? L'affaire est obscure ! Si je ne peux pas découvrir ce qu'on recherche, je devrai la prendre par l'autre bout, et m'efforcer d'aboutir à la principale personne en cause. Cet agent immobilier vous a-t-il laissé son adresse ?

– Simplement son nom et sa profession : Haines-Johnson, agent immobilier et expert.

– Je ne pense pas que nous le trouvions dans le répertoire. Les hommes d'affaires honnêtes indiquent sur leurs cartes l'endroit où ils travaillent. Hé bien ! faites-moi connaître chaque développement ultérieur de l'affaire. Je m'occupe de vous ; jusqu'à ce que l'énigme soit éclaircie, fiez-vous à moi.

Quand nous passâmes dans l'entrée, les yeux de Holmes, qui ne laissaient rien échapper, se posèrent sur plusieurs malles et valises entassées dans un angle. Des étiquettes étaient encore accrochées.

– Milan, Lucerne. Ces bagages viennent d'Italie.

– Ce sont les affaires de mon pauvre Douglas.

– Vous ne les avez pas encore déballées ? Depuis combien de temps les avez-vous reçues ?

– Elles sont arrivées la semaine dernière.

– Mais vous m'avez dit... Hé bien ! voilà certainement le maillon qui nous manquait ! Comment savons-nous si elles ne contiennent pas un objet de valeur ?

– C'est bien peu probable, monsieur Holmes. Mon pauvre Douglas n'avait que son traitement et une petite rente. Quel trésor aurait-il pu acheter ?

Holmes réfléchissait.

– Ne tardez pas, madame Maberley ! lui dit-il enfin. Faites monter ces bagages dans votre chambre. Examinez-les le plus tôt possible et dressez-en l'inventaire. Je viendrai demain pour que vous me mettiez au courant.

Il était évident que les Trois-Pignons étaient sous surveillance quand nous eûmes contourné la haute haie au bout du sentier, le boxeur nègre se tenait dans l'ombre. Nous tombâmes sur lui tout à fait soudainement : dans cet endroit isolé, il paraissait sinistre, menaçant. Holmes mit une main à sa poche.

– Cherchez votre revolver, monsieur Holmes ?

– Non, Steve. Mon flacon de sels.

– Vous êtes un rigolo, monsieur Holmes, hein ?

– Je vous jure que vous ne rigolerez pas, Steve, si je m'intéresse à vous. Ce matin, je vous ai loyalement averti.

– Hé bien ! monsieur Holmes, je n'ai pas cessé de penser à ce que vous m'avez dit, et je ne voudrais plus parler de cette affaire de M. Perkins. Si je peux vous aider, monsieur Holmes, je vous aiderai.

– Alors dites-moi qui est derrière toute cette affaire.

– Je le jure devant Dieu, monsieur Holmes ! Je vous ai dit la vérité tout à l'heure. Je ne sais pas. Mon patron Barney me donne des ordres, et c'est tout.

– Alors rappelez-vous bien, Steve, que la dame dans cette maison, et tout ce qui est sous ce toit, est placé sous ma protection. Ne l'oubliez pas !

– Très bien, monsieur Holmes. Je m'en souviendrai.

– Je crois que je lui ai fait peur pour sa peau, observa Holmes quand nous reprîmes notre marche. Je crois qu'il moucharderait son patron s'il savait qui il est. J'ai eu de la chance de connaître les agissements de la bande de Spencer John, et de savoir que Steve en faisait partie ! Au fond, Watson, c'est une affaire pour Langdale Pike, et je vais aller le voir tout de suite. Quand je reviendrai, mon dossier aura peut-être pris tournure.

Je ne revis pas Holmes de la journée, mais je me doutais bien de la manière dont il l'avait employée, car Langdale Pike était son livre humain de références sur toutes les affaires scandaleuses de la société. Cet étrange personnage languissant passait ses heures dans un bow-window d'un club de Saint James Street, et il était la station réceptrice et émettrice de tous les cancans. Il se faisait, paraît-il, un revenu de quatre mille livres par les entrefilets qu'il remettait chaque semaine aux journaux d'échos. Si un remous bizarre se produisait au plus profond des bas-fonds de la capitale, il était automatiquement enregistré à la surface par cette machine impitoyable. Holmes renseignait parfois Langdale, et celui-ci lui rendait occasionnellement des services.

Quand j'aperçus mon ami le lendemain matin de bonne heure, je devinai qu'il était satisfait, mais une surprise désagréable ne tarda pas : elle prit l'aspect du télégramme suivant :

Vous prie de venir d'urgence. La maison de la cliente a été cambriolée cette nuit. La police est sur les lieux. Sutro.

Holmes émit un sifflement.

– La crise est survenue plus vite que je ne le pensais. Derrière l'affaire se tient une personne de grande envergure, Watson. La crise ne me surprend pas après ce que j'ai appris. Ce Sutro, bien sûr, n'est qu'un avocat. Je crains d'avoir commis une faute en ne vous demandant pas de passer la nuit sur place à monter la garde. Ce type s'est révélé un vrai roseau ! Hé bien ! nous n'avons qu'à nous rendre à Harrow Weald.

Les Trois-Pignons ne ressemblaient guère à la maison bourgeoise de la veille. Un petit groupe de badauds s'était rassemblé près de la grille du jardin, tandis que deux agents examinaient les fenêtres et les parterres de géraniums. A. l'intérieur, nous fûmes accueillis par un vieux gentleman à cheveux gris, qui se présenta comme l'avocat de Mme Maberley, ainsi que par un inspecteur affairé et rubicond qui salua Holmes comme un vieil ami.

– Ma foi, monsieur Holmes, j'ai peur qu'il n'y ait rien pour vous dans cette affaire. Uniquement un cambriolage banal, ordinaire, tout à fait dans la limite des capacités de cette pauvre vieille police. Les experts sont bien inutiles.

– Je suis sûr que l'affaire est en de très bonnes mains, répondit Holmes. Uniquement un cambriolage, dites-vous ?

– Mais oui ! Nous connaissons assez bien les hommes qui l'ont effectué et nous savons à peu près où les retrouver : C'est ce gang de Barney Stockdale, avec le gros nègre... On les a vus dans les environs.

– Bravo ! Qu'ont-ils emporté ?

– Hé bien ! ils ne semblent pas avoir emporté grand-chose. Mme Maberley a été chloroformée, et la maison... Mais voici la dame elle-même.

Notre amie de la veille, paraissant très pâle et malade, était entrée dans la pièce en s'appuyant sur une petite bonne.

– Vous m'aviez donné un bon conseil, monsieur Holmes ! dit-elle en souriant tristement. Hélas, je ne l'ai pas suivi ! Je ne voulais pas gêner M. Sutro, et je suis demeurée sans protection.

– J'entends parler de cela ce matin pour la première fois ! s'écria l'avocat.

– M. Holmes m'avait conseillé d'avoir un ami chez moi. J'ai négligé de l'écouter. J'ai payé cette négligence.

– Vous paraissez très fatiguée, dit Holmes. Pourrez-vous me dire néanmoins ce qui est arrivé ?

– Tout est consigné ici ! fit l'inspecteur en tapant sur un énorme carnet.

– Si toutefois Mme Maberley n'était pas trop fatiguée...

– Il y a en vérité si peu de choses à raconter ! Je suis sûre que cette Susan avait préparé un plan pour qu'ils pussent pénétrer. Ils connaissaient la maison par cœur. J'ai été un moment consciente de l'éponge de chloroforme qu'on m'a appliquée sur la bouche, mais je n'ai aucune idée du temps pendant lequel je suis restée sans connaissance. Quand je me suis réveillée, un homme se trouvait à côté de mon lit, et un autre se relevait avec un paquet qu'il avait pris dans les bagages de mon fils : ceux-ci étaient partiellement défaits et épars sur le plancher. Avant qu'il ait pu s'enfuir, j'ai bondi et l'ai empoigné.

– Vous avez couru là un gros risque ! murmura l'inspecteur.

– Je me suis cramponnée à lui, mais il s'est libéré et l'autre a dû me frapper car je ne me rappelle plus rien. Mary, ma petite bonne, a entendu le bruit et s'est mise à crier par la fenêtre. La police est arrivée, mais les voleurs étaient déjà partis.

– Qu'ont-ils emporté ?

– Je ne crois pas qu'il manque des objets de valeur. Je suis sûre qu'il n'y en avait pas dans les malles de mon fils.

– Les voleurs ont-ils laissé des indices ?

– Il y avait une feuille de papier que j'ai sans doute arrachée à l'homme que j'ai empoigné. Elle était toute froissée sur le plancher. Le texte est de l'écriture de mon fils.

– Autrement dit, ce papier ne nous sera pas très utile, commenta l'inspecteur. Toutefois, s'il a été entre les mains du cambrioleur…

– Exactement ! dit Holmes. Quel bon sens ! Je serais curieux de le voir.

L'inspecteur tira de son calepin une feuille de papier pliée.

– Je ne laisse jamais passer un détail, dit-il pompeusement. En vingt-cinq ans de service, j'ai appris ma leçon. On peut toujours trouver une trace de doigt ou n'importe quoi.

Holmes examina la feuille de papier.

– Qu'en pensez-vous, inspecteur ?

– On dirait la fin d'un roman, pour autant que j'en puisse juger.

- Il s'agit certainement de la fin d'un conte bizarre, observa Holmes. Vous avez remarqué les chiffres au haut la page : 245. Où sont les autres deux cent quarante quatre pages ?

- Hé bien ! je suppose que les cambrioleurs les ont emportées. Grand bien leur fasse !

- Il est tout de même étrange qu'on cambriole une maison pour voler des papiers pareils. Cela ne vous intrigue pas, inspecteur ?

- Si, monsieur. Mais je pense que dans leur hâte les coquins ont agrippé ce qui leur est tombé sous la main. Je leur souhaite beaucoup de joie avec leur butin !

- Pourquoi se sont-ils intéressés aux affaires de mon fils ? interrogea Mme Maberley.

- Parce qu'ils n'ont pas trouvé en bas d'objets de valeur, et qu'ils ont tenté leur chance au premier étage. Voilà comment je comprends les choses. Quel est votre avis, monsieur Holmes ?

- Il faut que je réfléchisse encore, inspecteur. Venez à la fenêtre, Watson.

Côte à côte, nous lûmes ce morceau de papier. Le texte commençait au milieu d'une phrase ; le voici :

« ... figure saignait considérablement par suite des coupures et des coups, mais ce n'était rien à côté de ce que saigna son cœur quand il vit ce merveilleux visage, le visage pour lequel il aurait volontiers sacrifié sa vie, assister à son angoisse et à son humiliation. Elle souriait. Oui, par le Ciel, elle souriait, comme le démon qu'elle était, alors qu'il la regardait ! Ce fut alors que l'amour mourut et que naquit la haine. L'homme doit vivre pour quelque chose. Si ce n'est pas pour vos baisers, milady, ce sera sûrement pour votre perte et ma revanche totale. »

– Étrange syntaxe ! dit Holmes en souriant et en rendant le papier à l'inspecteur. Avez-vous remarqué comme le « il » s'est subitement changé en « ma » ? L'auteur a été tellement captivé par son propre récit qu'il s'est imaginé en être le héros au moment suprême.

– Bien pauvre texte ! murmura l'inspecteur, qui replaça le manuscrit dans son carnet. Comment ! Vous nous quittez, monsieur Holmes ?

– L'affaire me semble en si bonnes mains que je ne vois pas pourquoi je resterais plus longtemps. Dites-moi, madame Maberley, ne m'aviez-vous pas dit que vous aimeriez voyager ?

– Ç'a été mon rêve depuis toujours, monsieur Holmes.

– Où auriez-vous envie d'aller ? Au Caire, à Madère, sur la Riviera ?

– Oh ! si j'avais assez d'argent, je voudrais faire le tour du monde !

– Bonne idée. Le tour du monde. Hé bien ! au revoir ! Je vous enverrai peut-être un mot dans la soirée.

Quand nous passâmes devant la fenêtre, j'aperçus l'inspecteur qui souriait et secouait la tête. « Ces types intelligents ont toujours quelque chose de dérangé ! » Voilà ce que je lus sur les lèvres de l'inspecteur.

– Maintenant, Watson, en route pour la dernière étape de notre petit voyage ! me dit Holmes quand nous nous retrouvâmes dans le centre de Londres. Je pense que l'affaire peut être liquidée tout de suite, et je préfère que vous m'accompagniez, car il vaut mieux avoir un témoin quand on traite avec une femme comme Isadora Klein.

Nous avions pris un cab et nous trottions vers Grosvenor Square. Holmes, plongé dans ses réflexions, s'agita soudain.

– A propos, Watson, je suppose que tout est lumineux maintenant dans votre esprit ?

– Non, je ne saurais l'affirmer. Je pense que nous nous rendons maintenant chez la dame qui se tient derrière cela ?

– En effet ! Mais le nom d'Isadora Klein ne vous dit-il rien du tout ? Bien sûr, elle a été la beauté célèbre : jamais une femme n'a pu rivaliser avec elle. C'est une pure Espagnole, elle a du sang des conquistadores dans les veines, et sa famille a gouverné Pernambuco pendant des générations. Elle a épousé Klein, le vieux roi allemand du sucre, et bientôt elle est devenue la plus adorable et la plus riche de toutes les veuves de la terre. Un intervalle d'aventures a suivi, au cours desquelles elle s'est livrée à ses fantaisies. Elle a eu plusieurs amants, et Douglas Maberley, l'un des hommes les plus remarquables de Londres, a compté au nombre des élus. D'après ce que l'on a raconté, elle eut avec lui beaucoup plus qu'une simple aventure. Il n'avait rien d'un papillon mondain ; c'était un homme fort et fier qui donnait tout et réclamait tout en échange. Mais elle est la « belle dame sans merci » des romans. Une fois son caprice assouvi, elle rompt. Et si le partenaire a du mal à comprendre, elle sait comment lui ouvrir les yeux.

– Il s'agissait donc de la propre histoire de Douglas Maberley ?

– Tiens, vous vous décidez à faire la synthèse ! J'ai appris qu'elle allait épouser le jeune duc de Lomond qui pourrait être son fils. La mère de Sa Grâce peut négliger la différence d'âge, mais pas un gros scandale en perspective ; aussi il était impératif…Ah ! nous voici arrivés !

C'était l'une des plus belles maisons de West End. Un valet prit nos cartes comme un automate, puis revint nous dire que la dame était sortie.

– Bien, fit Holmes. Dans ce cas nous attendrons son retour.

L'automate se détraqua.

– Sortie, cela signifie sortie pour vous ! dit-il.

– Bien, répéta Holmes. Cela signifie que nous n'aurons pas longtemps à attendre. Voulez-vous avoir l'obligeance de porter ce billet à votre maîtresse ?

Il griffonna trois ou quatre mots sur une feuille de son carnet, la plia et la remit au valet.

– Qu'avez-vous écrit, Holmes ?

– Tout simplement ceci : « Alors, ce sera la police ? » Je crois qu'elle nous recevra.

Et elle nous reçut. Une minute plus tard, avec une célérité surprenante, nous fûmes introduits dans un salon pour conte des Mille et Une Nuits, vaste et merveilleux, plongé dans une demi-obscurité que coupaient par places des lumières tamisées. La dame était parvenue, je pense, à cet âge de la vie où la beauté la plus orgueilleuse se complaît dans les éclairages doux. Quand nous entrâmes, elle se leva d'un canapé. Elle était grande, elle avait un maintien royal, son visage était adorablement artificiel : deux yeux noirs espagnols nous assassinèrent.

– Quelle est cette intrusion ? Et que veut dire ce message insultant ? interrogea-t-elle en brandissant le papier.

– Je n'ai pas besoin, madame, de vous donner des explications. J'ai trop de respect pour votre intelligence... Quoique j'avoue que cette intelligence s'est étrangement trouvée en défaut ces derniers temps !

– Comment cela, monsieur ?

– En supposant que les bravaches que vous avez loués pourraient m'empêcher par la peur d'accomplir mon travail. Jamais un homme n'embrasserait ma profession si à ses yeux le danger n'était pas un attrait. C'est donc vous qui m'avez obligé à me pencher sur l'affaire du jeune Maberley.

– Je n'ai nulle idée de ce dont vous me parlez. Qu'ai-je à voir avec des bravaches que j'aurais loués ?

Holmes se détourna d'un air las.

– Décidément, j'avais surestimé votre intelligence ! Tant pis, bonsoir !

– Arrêtez ! Où allez-vous ?

– A Scotland Yard.

Nous n'étions encore qu'à mi-chemin de la porte qu'elle nous avait rattrapés et avait pris Holmes par le bras. De l'acier elle avait viré au velours.

– Allons, messieurs, asseyez-vous ! Parlons encore un peu. Je sens que je puis être franche avec vous, monsieur Holmes. Vous avez les sentiments d'un gentleman. Comme l'instinct féminin est prompt à le découvrir ! Je veux vous traiter en ami.

– Je ne puis vous assurer de la réciprocité, madame. Je ne suis pas la loi, mais je représente la justice dans la limite de mes modestes facultés. Je suis prêt à vous écouter ; je vous dirai ensuite comment j'agirai.

– Sans doute était-ce puéril de ma part de menacer un homme aussi brave que vous !

– Ce qui surtout a été puéril, madame, c'est que vous vous êtes placée entre les mains d'une bande de coquins qui peuvent vous faire chanter ou vous dénoncer.

– Non, je ne suis pas si naïve ! Puisque j'ai promis d'être sincère, je vous dirai que personne, sauf Barney Stockdale et Susan sa femme, ne se doute de l'identité de l'employeur. Quant à ces deux-là, hé bien ! ce n'est pas la première...

Elle sourit et fit un signe de tête empreint d'une charmante coquetterie.

– Je vois. Vous les avez déjà mis à l'épreuve ?

– Ce sont de bons chiens qui courent en silence.

– De tels chiens, tôt ou tard, mordent la main qui les nourrit. Ils seront arrêtés pour ce cambriolage. La police est à leurs trousses.

– Ils accepteront les conséquences. C'est pour cela qu'ils sont payés. Je ne paraîtrai pas dans l'affaire.

– A moins que je ne vous y fasse paraître.

– Non, vous ne me ferez pas paraître. Vous êtes un gentleman. Il s'agit d'un secret de femme.

– Premièrement, vous devez rendre ce manuscrit.

Elle éclata de rire, et se dirigea vers la cheminée. Il y avait une masse calcinée qu'elle dispersa avec le tisonnier.

– Le rendrai-je ? dit-elle.

Pendant qu'elle se tenait devant nous avec un sourire de défi, elle semblait si mutine et si exquise que je devinai que de tous les criminels auxquels Holmes avait eu affaire, c'était elle qui allait lui donner le plus de mal. Cependant je le savais immunisé contre le sentiment.

– Voilà qui scelle votre destin, déclara-t-il froidement. Vous êtes très prompte à l'action, madame, mais cette fois vous vivez allée trop loin.

Elle jeta le tisonnier.

– Comme vous êtes dur ! s'écria-t-elle. Puis-je vous raconter toute l'histoire ?

– Je crois que je pourrais vous la raconter.

– Mais vous devez la lire avec mes yeux, monsieur Holmes ! Vous devez la comprendre, du point de vue d'une femme qui voit toute l'ambition de sa vie risquant d'être anéantie au dernier moment. Une telle femme est-elle à blâmer si elle se protège ?

– Le péché originel a été commis par vous !

– Oui ! J'en conviens. Douglas était un charmant garçon, mais il ne convenait malheureusement pas à mes desseins. Il voulait m'épouser. M'épouser, monsieur Holmes, lui un bourgeois sans le sou ! Il ne voulait rien de moins. Il s'entêta.

Parce que je m'étais donnée, il paraissait penser que je devais me donner toujours, et à lui seul. C'était intolérable. Enfin j'ai dû le lui faire comprendre.

– En louant des brutes qui l'ont rossé sous votre fenêtre.

– Vous avez l'air de tout savoir ! Oui, c'est exact. Barney et ces hommes l'ont chassé et ont été, je l'admets, un peu rudes. Mais alors que fit-il ? Aurais-je jamais cru qu'un gentleman pouvait envisager une chose pareille ? Il écrivit un livre dans lequel il raconta sa propre histoire. Moi, bien sûr, j'étais le loup ; lui, l'agneau. Tout y était, sous des noms supposés bien sûr ! Mais qui à Londres ne nous aurait pas reconnus ? Allons que dites-vous de cela, monsieur Holmes ?

– Après tout, il était dans son droit !

– C'était comme si l'air de l'Italie était entré dans son sang en lui insufflant la vieille cruauté italienne. Il m'a écrit, il m'a envoyé un exemplaire de son livre pour que j'aie la torture de l'anticipation. Il m'a dit qu'il y en avait deux exemplaires : un pour moi, l'autre pour son éditeur.

– Comment saviez-vous que l'éditeur ne l'avait pas reçu ?

– Parce que je savais qui était l'éditeur. Ce n'est pas le premier roman de Douglas, vous savez. J'appris donc que l'éditeur ne l'avait pas reçu. Puis presque aussitôt j'appris la mort subite de Douglas. Aussi longtemps que cet autre manuscrit risquait d'être mis en circulation, je ne pouvais pas me sentir en sécurité. Il était sûrement dans ses affaires, qui allaient être restituées à sa mère. J'ai mis le gang à l'œuvre. Susan est entrée comme domestique chez Mme Maberley. Je voulais agir honnêtement. Réellement, vraiment oui, je le voulais ! J'étais disposée à acheter la maison et tout ce qu'elle contenait. J'ai accepté le prix qu'elle m'a demandé. Je n'ai tâté de l'autre moyen que lorsque le premier a échoué. Maintenant, monsieur Holmes, en admettant que j'aie été trop dure pour Douglas – et Dieu sait si je m'en repens ! – que pouvais-je faire d'autre avec tout mon avenir en jeu ?

Sherlock Holmes haussa les épaules.

– Bien ! fit-il. Je suppose que je vais devoir pactiser avec le crime, comme d'habitude. Combien coûte un voyage autour du monde en première classe ?

La jeune femme le regarda avec ahurissement.

– Pas plus de cinq mille livres, je suppose ?

– Non, je ne crois pas.

– Parfait. Vous voudrez bien me signer un chèque de ce chiffre, et je veillerai à ce qu'il parvienne à Mme Maberley. Vous lui devez un petit changement d'air. En attendant, madame...

Il leva un doigt avertisseur.

– ... Faites attention ! Attention ! Vous ne jouerez pas éternellement avec des objets tranchants sans abîmer ces mains délicates !

Toutes les aventures de Sherlock Holmes

Liste des quatre romans et cinquante-six nouvelles qui constituent les aventures de Sherlock Holmes, publiées par Sir Arthur Conan Doyle entre 1887 et 1927.

Romans

* Une Étude en Rouge (novembre 1887)
* Le Signe des Quatre (février 1890)
* Le Chien des Baskerville (août 1901 à mai 1902)
* La Vallée de la Peur (sept 1914 à mai 1915)

Les Aventures de Sherlock Holmes

* Un Scandale en Bohême (juillet 1891)
* La Ligue des Rouquins (août 1891)
* Une Affaire d'Identité (septembre 1891)
* Le mystère de la vallée de Boscombe (octobre 1891)
* Les Cinq Pépins d'Orange (novembre 1891)
* L'Homme à la Lèvre Tordue (décembre 1891)
* L'Escarboucle Bleue (janvier 1892)
* Le Ruban Moucheté (février 1892)
* Le Pouce de l'Ingénieur (mars 1892)
* Un Aristocrate Célibataire (avril 1892)
* Le Diadème de Beryls (mai 1892)
* Les Hêtres Rouges (juin 1892)

Les Mémoires de Sherlock Holmes

* Flamme d'Argent (décembre 1892)
* La Boite en Carton (janvier 1893)
* La Figure Jaune (février 1893)
* L'Employé de l'Agent de Change (mars 1893)
* Le Gloria-Scott (avril 1893)
* Le Rituel des Musgrave (mai 1893)
* Les Propriétaires de Reigate (juin 1893)

* Le Tordu (juillet 1893)
* Le Pensionnaire en Traitement (août 1893)
* L'Interprète Grec (septembre 1893)
* Le Traité Naval (octobre / novembre 1893)
* Le Dernier Problème (décembre 1893)

Le Retour de Sherlock Holmes

* La Maison Vide (26 septembre 1903)
* L'Entrepreneur de Norwood (31 octobre 1903)
* Les Hommes Dansants (décembre 1903)
* La Cycliste Solitaire (26 décembre 1903)
* L'École du prieuré (30 janvier 1904)
* Peter le Noir (27 février 1904)
* Charles Auguste Milverton (26 mars 1904)
* Les Six Napoléons (30 avril 1904)
* Les Trois Étudiants (juin 1904)
* Le Pince-Nez en Or (juillet 1904)
* Un Trois-Quarts a été perdu (août 1904)
* Le Manoir de L'Abbaye (septembre 1904)
* La Deuxième Tâche (décembre 1904)

Son Dernier Coup d'Archet

* L'aventure de Wisteria Lodge (15 août 1908)
* Les Plans du Bruce-Partington (décembre 1908)
* Le Pied du Diable (décembre 1910)
* Le Cercle Rouge (mars/ avril 1911)
* La Disparition de Lady Frances Carfax (décembre 1911)
* Le détective agonisant (22 novembre 1913)
* Son Dernier Coup d'Archet (septembre 1917)

Les Archives de Sherlock Holmes

* La Pierre de Mazarin (octobre 1921)
* Le Problème du Pont de Thor (février et mars 1922)
* L'Homme qui Grimpait (mars 1923)

* Le Vampire du Sussex (janvier 1924)
* Les Trois Garrideb (25 octobre 1924)
* L'Illustre Client (8 novembre 1924)
* Les Trois Pignons (18 septembre 1926)
* Le Soldat Blanchi (16 octobre 1926)
* La Crinière du Lion (27 novembre 1926)
* Le Marchand de Couleurs Retiré des Affaires (18 décembre. 1926)
* La Pensionnaire Voilée (22 janvier 1927)
* L'Aventure de Shoscombe Old Place (5 mars 1927)